MUSE PROLÉTAIRE

J.-M. DEMOULE
OUVRIER MENUISIER

MES COPEAUX

RECUEIL DE CHANSONS

PRÉCÉDÉ

D'UNE LETTRE DE BÉRANGER A L'AUTEUR

Mon Souhait du Jour de l'An.
Ma Devise. — Un Conseil aux Laïs modernes. — Il faut toujours m'aimer. — Le Vin. — Je ne vaux rien pour être Grand Seigneur. — Appel aux Travailleurs. — La Nostalgie ou les Vœux d'un Proscrit. — La Belle Étoile. — La Fin du Monde ou le 13 Juin 1857. — Dieu soit Béni. — Les Regrets d'un Enfant du village.

PRIX : 25 c.

PARIS
Chez les principaux Marchands de Nouveautés.

MACON
Librairie Charpentier.
1857.

A L'AUTEUR.

J'ai reçu, Monsieur, votre envoi [1] avec plaisir et me suis empressé de le lire.

Votre chanson [2] a du mérite, mais pas autant qu'il le faudrait : celui du genre. Elle est bien raisonnée, sagement tournée, mais plus de vivacité conviendrait, selon moi.

Dans votre épître [3], il y a le mérite de la pensée et du sentiment. Mais peut-être une exposition plus nette eût été nécessaire. Elle est bien raisonnée et contient des vers heureux ; mais un travail préparatoire eût été bien utile à un pareil sujet.

Occupez-vous donc longtemps d'un sujet avant de le rimer, surtout quand il a de la gravité. Les soins que vous donnez à une pensée, vous seront toujours largement payés par les beautés qu'ils vous feront trouver et qui échappent souvent au rimeur trop hâtif.

Malgré ces observations d'un vieux rimeur, espérez de parvenir si vous joignez la patience aux efforts.

Recevez, Monsieur, l'assurance de ma considération distinguée.

BÉRANGER.

25 octobre 1834.

---

1 Monsieur Béranger m'avait déjà fait l'honneur de m'écrire à propos d'une chanson que je lui avais dédiée.

2 Je ne vaux rien pour être grand Seigneur, (l'auteur a quelque peu retouché cette chanson.)

3 Ne faites pas l'aumône ou Conseils aux riches sur la manière d'exercer la charité.

RECUEIL DE CHANSONS.

A Béranger.

MON SOUHAIT DU JOUR DE L'AN (1857.)

Air : *Dans un grenier qu'on est bien à vingt ans.*

Des jours heureux que nous compte une année,
Le jour de l'an, sans doute, est le plus doux :
Que les enfants fêtent cette journée,
Toujours féconde en bonbons, en joujoux !
Que de souhaits, ce jour là, l'on échange !
A ce plaisir nul ne reste étranger.
Puisqu'en ce jour, les vœux n'ont rien d'étrange,
Moi, je souhaite un nouveau Béranger !
Fût-il petit... tout petit Béranger.

Puisque le sien sourit à la paresse,
A la chanson, il faut un autre roi :
Mais où le prendre ? en vain je m'intéresse
A déterrer ce monarque, je croi.
Des chansonniers j'ai parcouru la liste,
Mais à choisir je n'ai point dû songer
L'on comprendra, comme moi, qu'il est triste
De n'y point voir un nouveau Béranger :
Même un petit, etc.

Ce roi, pourtant, nous rendrait l'espérance ;
Ses gais refrains adouciraient nos maux,
Combien de fois, n'a-t-on pas vu la France,
Les oublier à quelques chants nouveaux !
Pour le trouver cherchons, cherchons encore ;
Que la chanson revienne nous venger...
Pour détrôner tant d'abus qu'on déplore,
Que Dieu nous donne un nouveau Béranger !
Fût-ce un petit, tout petit Béranger...

Peut-on marcher, sans marcher dans la fange ?
Peut-on rien voir qui ne blesse les yeux ?
Là, d'un fripon, un peu d'or fait un... ange,
Et là, Tartufe ordonne au nom des cieux...
Némésis même oubliant ses cabales
D'un encensoir consent à se charger...
Pour flageller tant de muses vénales
Ah ! qu'il surgisse un nouveau Béranger !
Fût-ce un petit, tout petit Béranger !

Envoi :

Mais, c'en est fait ; mon œil avec tristesse
Voit fuir l'espoir qui m'avait enivré.
A qui faut-il, hélas ! que je m'adresse
Pour découvrir ce roi tant désiré ?...
Vieux chansonnier, n'allègue point d'excuse ;
A ton mutisme il te faut déroger.
Reprends ton luth puisque Dieu se refuse
A nous donner un nouveau Béranger ;
Même un petit, tout petit Béranger...

MA DEVISE.

Air : *La bonne Aventure ô gué !*

Je le confesse à regret
Parfois je me grise :
L'on me trouve au cabaret
Plutôt qu'à l'église ;
Pour rendre grâces à Dieu
Je choisis toujours ce lieu.
Voilà ma devise
    O gué !
Voilà ma devise.

À défaut de piété
J'ai de la franchise,
Je crois qu'un zèle affecté
N'est jamais de mise,
Prions Dieu pour tout de bon,
Où, corbleu, point d'oraison !
Voilà ma devise, etc.

Quand la vertu n'est qu'un mot
Moi je la méprise :
Sachons qu'aux yeux du Très-Haut
Nul ne se déguise,
Tartufe offense le ciel,
Montrons-nous au naturel.
Voilà ma devise, etc.

Oui, j'aime la vérité,
Et quoi qu'on en dise,
De farder ma déité
A tort on s'avise.
Moi pour lui faire ma cour
Je la peins sous son vrai jour.
Voilà ma devise, etc.

Pour faire écouter sa voix
L'audace est permise :
Jusqu'à l'oreille des rois
Que l'on divinise,
J'irai faire carillon
Avec son plus gros bourdon.
Voilà ma devise, etc.

A tous les fils de l'orgueil
Il faut bien qu'on dise
Que la tombe est un écueil,
Où chacun se brise...
Comptons un titre pour rien
Et prisons l'homme de bien.
Voilà ma devise
    O gué !
Voilà ma devise !

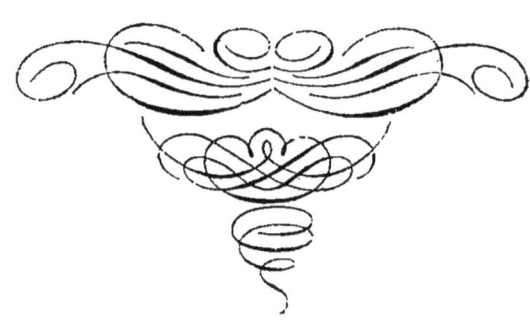

UN CONSEIL AUX LAÏS MODERNES.

Air : *Je loge au 4ᵉ étage.*

La beauté n'est pas éternelle
Et le vice en flétrit les fleurs ,
En vous abritant sous son aile
Beautés qui vendez vos faveurs ;
Songez-y, la chose est urgente...
Exploitez bien votre printemps ;
Car, il faut même avant quarante
Donner ce qu'on vend à vingt ans.

Huit lustres apportent des rides
Que le fard veut en vain céler,
Car des ans les instints perfides
Se plaisent à les dévoiler.
Bientôt si plaisir vous tente
Il va d'après l'ordre du temps
Vous faire acheter à cinquante
Ce que vous vendiez à vingt ans.

Ainsi dans son humeur étrange
Le temps escompte tour à tour ,
Tantôt une lettre de change
Et tantôt un billet d'amour.
N'usez-donc pour l'heure présente
Que de l'amour écus comptants ,
Pour pouvoir encore à soixante
Solder ce qu'on vend à vingt ans.

IL FAUT TOUJOURS M'AIMER.

COUPLETS D'UNE JEUNE MARIÉE LE SOIR DE SES NOCES.

Air : *De la Juive chrétienne.*

Vous m'avez dit que l'hyménée
Comblerait vos vœux les plus doux ,
Soyez heureux ! cette journée ,
Monsieur, vous a fait mon époux ;
Pour moi, l'aube en fut précieuse
Mais je suis prompte à m'alarmer ,
Pour que je sois toujours heureuse
Il faut toujours, toujours m'aimer !

Le bonheur est bien éphémère
Et votre sexe bien léger ,
Peignez-vous ma douleur amère
Si jamais vous deviez changer ,
L'arme du doute est dangereuse
Mais l'amour peut le désarmer.
Pour que, etc.

J'ai fondé sur votre constance
Tout un avenir de bonheur ,
Du champ béni de l'espérance
Gardez-vous d'effeuiller la fleur ,
C'est dans sa corolle soyeuse
Que le bonheur vient se former.
Pour que, etc.

De tous les trésors de la vie
L'amour sans doute est le plus beau,
Puisqu'en ce jour l'hymen nous lie
Qu'il en respecte le flambeau ;
L'existence est peu gracieuse
Si l'amour ne vient l'animer.
Pour que je sois toujours heureuse
Il faut toujours, toujours m'aimer.

LE VIN.

Air : *Des gueux*.

Le vin, le vin,
Bannit le chagrin,
Chantons verre en main,
Vive le vin !

} bis.

Amis, remplissez ma coupe,
De ce nectar plein d'attraits ;
L'eau n'est bonne qu'à la soupe,
Ailleurs n'en buvons jamais.
Le vin, etc.

Toi, que l'orgueil tient en laisse,
Riche, n'as-tu pas compris,
Qu'un gueux trouve dans l'ivresse
L'antidote du mépris ?
Le vin, etc.

L'homme qui, dans sa disgrâce,
A l'espoir dit un adieu ;
N'a, pour le revoir en face,
Besoin que d'en boire un peu.
Le vin, etc.

L'époux dont la femme est belle
Le plus souvent est c...
Ça, Monsieur, point de querelle
Quand même vous auriez vu...
Le vin, etc.

Auteurs que l'on tympanise
Courez vîte au cabaret,
Que chacun de vous se grise
En buvant du bon clairet.
Le vin, etc.

Je gage qu'il est possible
De convaincre un musulman,
Qu'une page de la Bible
Vaut mieux que tout le Coran.
Le vin, etc.

Certain sage de la Grèce
Bien qu'il ne bût que de l'eau,
Savait bien que la sagesse
S'abrite dans un tonneau !
Le vin, etc.

Quand l'homme est dans l'opulence
Qui le sauve de l'ennui ?
Ou s'il est dans l'indigence
Qui l'en console ? c'est lui ! ..
Le vin, le vin,
Bannit le chagrin,
Chantons verre en main,
Vive le vin !

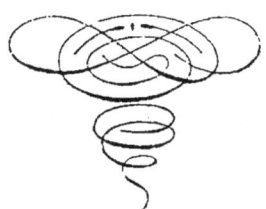

JE NE VAUX RIEN POUR ÊTRE GRAND SEIGNEUR.

Air : *Dans un grenier qu'on est bien à vingt ans.*

Combien de fous s'imaginent sur terre
Que la fortune est injuste pour eux,
Elle aurait dû leur donner pour leur plaire
De beaux palais et d'illustres aïeux ;
Sur moi, l'orgueil a bien moins d'influence
Et je me prise à ma juste valeur,
Point ne rougis de mon humble naissance.
Je ne vaux rien pour être grand seigneur !

J'ai pour blason celui de l'honnête homme
Et pour palais un modeste taudis,
Je tiens fort peu, par ma foi, qu'on me nomme
Comte, baron, prince, duc ou marquis
J'ai toujours ri d'un titre qui s'achète,
Un parchemin n'ennoblit pas le cœur ;
Et puis, je hais les lois de l'étiquette.
Je ne vaux rien pour être grand seigneur !

Si beau qu'il soit j'ai peur de l'esclavage
Sans m'informer si c'est là du bon ton,
Au naturel je rends toujours hommage,
Je ris, je chante et je bois sans façon.
Mais, si pourtant, quelque beauté m'enflamme,
Loin d'imiter tant de larrons d'honneur,
De mon prochain je respecte la femme.
Je ne vaux, etc.

J'aime le sol où le ciel m'a fait naître :
Si l'étranger voulait y moissonner
Quoique vilain, l'on me verrait peut-être

Lui contester jusqu'au droit d'y glaner,
Quand je verrais approcher ses cohortes,
Dussent leurs chefs supposer que j'ai peur
A double tour je fermerais nos portes.
Je ne vaux, etc.

Enfant du peuple on me verra sans cesse,
Servir sa cause et veiller sur ses droits,
Je ne veux point de rôle dans la pièce,
Des courtisans et des singes des rois;
L'égalité qu'ils refusent d'entendre
Pour les siffler n'attend qu'un fossoyeur.
Moi je l'écoute et je crois la comprendre.
Je ne vaux rien pour être grand Seigneur.

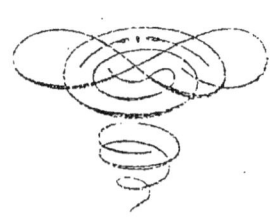

APPEL AUX TRAVAILLEURS.

Air : *Des trois Couleurs.*

Pour soutenir notre triste existence
Nous qui n'avons que nos bras pour trésors,
Et qui souvent pour bannir l'indigence
Faisons hélas, d'inutiles efforts !
Si nous voulons voir des jours plus prospères,
De nos discords éteignons tous les feux....
O travailleurs, soyons unis mes frères !
Soyons unis (*bis*) et nous vivrons heureux !

A mes accents frères, prêtez l'oreille,
Ainsi que vous, je vis de mon labeur ;
— Le miel bientôt manquerait à l'abeille
Si le travail le trouvait sans ardeur. —
— Quand vous verrez tant de larmes amères
A les tarir doivent tendre mes vœux.
O travailleurs, etc.

Ah ! du travail les moissons seraient belles
Si nous savions en exploiter le champ !
Mais, nous gâtons par nos vaines querelles
Tout le bon grain qu'il recèle en son flanc.
Nous n'avons point des intérêts contraires.
A l'évidence ouvrons enfin nos yeux.
O travailleurs, etc.

Notre égoïsme est aveugle et stupide
N'écoutons plus ses conseils désormais ;
Peu d'entre nous, en l'acceptant pour guide,
De leur misère allègeront le faix.
La concurrence abaisse nos salaires,
Et sous nos pas creuse un abîme affreux...
O travailleurs, etc.

Notre union détruirait le chômage ;
Quand les travaux cessent d'être abondants,
Frères, sachons nous partager l'ouvrage
Et nous pourrons rester indépendants.
Pour asservir les pauvres prolétaires,
Parfois Crésus feint d'être généreux...
O travailleurs, etc.

L'humble denier que parfois il nous donne,
Sur nos labeurs souvent fut retenu...
Ignore-t-il qu'en nous faisant l'aumône,
Il ne nous rend qu'un bien qui nous est dû ?
N'acceptons plus, de ces bienfaits vulgaires
Qui, de tout temps, nous furent onéreux...
O travailleurs, soyons unis mes frères !
Soyons unis (*bis*) et nous serons heureux !

LA NOSTALGIE

ou   les voeux

LES VŒUX D'UN PROSCRIT.

Air : *La mer m'attend , je veux partir demain.*

Aux cœurs aimants l'exil donne la mort ,
La nostalgie éteint leur existence ,
Je vais mourir , mourir loin de la France...
Pauvre proscrit et je maudis mon sort !
    Ma patrie est si belle !
    Que je souffre loin d'elle....
    Si j'en croyais mon cœur
    Je trahirais l'honneur...
Non ! c'est parfois noble et beau de souffrir !
L'honneur m'est cher malgré sa tyrannie ;
Mais ô mon Dieu ! je t'en supplie ,
    Fais que dans ma patrie ,
    Je puisse aller mourir !

Oui , malgré moi , je sens couler mes pleurs ,
Au souvenir des lieux qui m'ont vu naître ,
Je crois encor voir la simple fenêtre ,
Où chaque été je cultivais des fleurs !
    Je crois ouïr ma mère ,
    Mon épouse , mon père ,
    Se demander hélas !
    — Ne reviendra-t-il pas ! —
Non ! c'est parfois , etc.

Ah ! d'un captif , le sort est bien cruel
Et , nous devons compatir à ses peines ;
Mais d'un captif , moi j'envirais les chaînes ,
Si sa prison était sous mon doux ciel !

Ton air pur, belle France,
Me rendrait l'existence
Même au sein d'un cachot...
Mais l'exil est mon lot !
Oui, c'est parfois noble et beau de souffrir !
L'honneur m'est cher malgré sa tyrannie,
Mais, ô mon Dieu, je t'en supplie,
Fais que dans ma patrie
Je puisse aller mourir !...

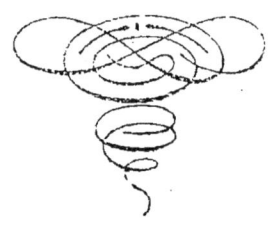

LA BELLE ÉTOILE.

Air : *Dans la soupente du Portier.*

Amis, versez-moi de ce jus
Qui fait trébucher la mémoire .
Depuis que je ne tète plus
Je me trouve si bien d'en boire !
Pour de l'or on a des palais
Mais quand notre raison se voile,
Le vin sait nous loger sans frais
A celui... de la belle étoile !

On peut dormir sur le gazon
Tout aussi bien que sur la plume,
Fut-ce par la froide saison
Jamais buveur n'y gagne un rhume ;
Que l'on récolte ou non du lin .
De nos draps ménageons la toile,
Il vaut mieux acheter du vin
Et coucher à la belle étoile.

De tout temps Bacchus et l'amour
Ont chéri les couches champêtres,
Nous qui les suivons tour à tour
Tachons d'imiter ces grands maîtres ;
Voulons-nous que la volupté ,
Bien pure , à nos yeux se dévoile ?
Il nous faut près de la beauté
La chercher à la belle étoile.

Mais l'amour nous sourit en vain
Ce soir il aura tort sans doute ,
Avec vingt flacons de bon vin
Bacchus nous en ferme la route :
Ah ! si ce Dieu fonde un couvent ,
Mes amis, prenons tous le voile !
Dussions-nous encor plus souvent
Nous coucher à la belle étoile.

Une comète, en heurtant notre globe,
Doit, nous dit-on, le briser à nos yeux,
Mais sous nos pieds s'il faut qu'il se dérobe
Gaîment, du moins, faisons-lui nos adieux !
    Que la comète
    Nous trouve en fête,
Le verre en main, narguons le treize juin.
    Il faut qu'on meure,
    Qu'importe l'heure ?
Ah ! ne tremblons que de mourir à jeun !...

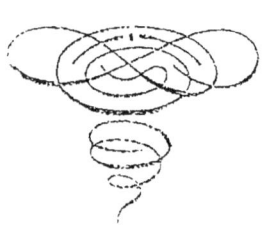

LES REGRETS D'UN ENFANT DU VILLAGE.

Air : *Des Hirondelles* (*de Béranger.*)

Le plus aride paysage,
Aujourd'hui m'offre des beautés,
Pourquoi quittai-je mon village,
Pour m'enfuir au sein des cités?
La servitude est la compagne
De ses malheureux habitants...
Que je regrette la campagne,
L'on n'est heureux, l'on n'est libre qu'aux champs !

Dans les cités, il faut que l'homme
Pèse ses mots, cause à l'écart,
Mais il peut encore sous le chaume
Parler librement et sans fard ;
Là si d'un luth il s'accompagne,
Sans danger il note ses champs.
Que je regrette, etc.

Le luxe éblouissant des villes,
Nous voile souvent des haillons,
Pour briller, que de soins futiles,
Que d'amères privations !...
Aux champs avec l'or que l'on gagne,
Rien ne force à singer les grands.
Que je regrette, etc.

Du village qui vous vit naître,
Bons paysans ne fuyez pas,

Un jour, ainsi que moi, peut-être
Chacun de vous dirait : « hélas ! »
Pourquoi quittai-je ma montagne ?
Là le cœur suit tous ses penchants.
Que je regrette, etc.

Dans ces immenses fourmillières
La vertu n'ose se montrer,
L'on est sous le toit des chaumières,
Bien plus sûr de la rencontrer.
Chaque ville hélas ! n'est qu'un bagne,
Où les bons deviennent méchants...
Ah, retournons à la campagne !
L'on n'est heureux, l'on n'est libre qu'aux champs !

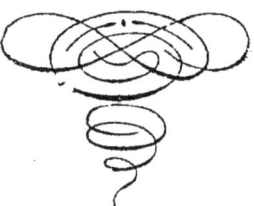

Mâcon, Imprimerie de Romand.

www.ingramcontent.com/pod-product-compliance
Lightning Source LLC
Chambersburg PA
CBHW061729180626
46818CB00006B/2536